아빠의 노래

아빠의 노래

초판 1쇄 인쇄 2012년 05월 10일
초판 1쇄 발행 2012년 05월 15일

지은이 | 한영주
펴낸이 | 손형국
펴낸곳 | (주)에세이퍼블리싱
출판등록 | 2004. 12. 1(제2011-77호)
주소 | 서울시 금천구 가산동 371-28 우림라이온스밸리 C동 101호
홈페이지 | www.book.co.kr
전화번호 | (02)2026-5777
팩스 | (02)2026-5747

ISBN 978-89-6023-906-7 03810

아빠의 노래

한영주 시집

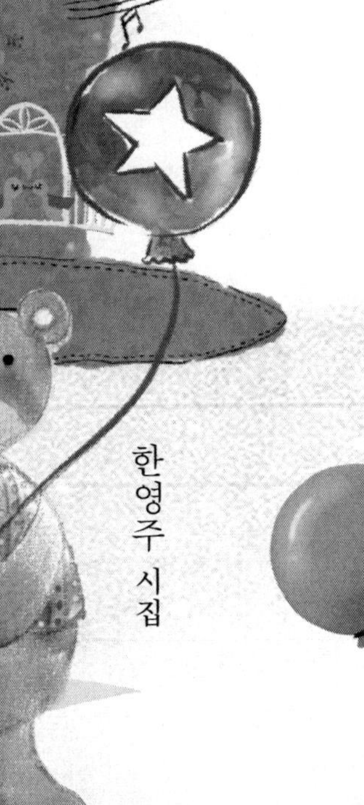

ESSAY

우리의 첫 아이 정원이의 첫 생일을 맞아

남편의 세 번째 시집을 기획해보았습니다.

늘 시에 대한 갈망이 큰 사람이지만

한 가정의 가장으로서 무거운 책임감이 어깨를 짓누르는 탓인지

자신의 것은 무엇이든지 억누르며 참아왔다는 사실을 누구보다 잘 알고

있습니다.

그래서 이번에는 정원이의 의미 있는 생일을 기념해보자는 의미와

남편에게 힘을 실어주고 싶었습니다.

그래서

남편이 그동안 온 마음을 다해 정성껏 써내려왔던 시들을 정리했습니다.

정원이의 첫 돌 기념이라는 명목아래 남편의 시를 정리하고 수정하며

소중하게 간직해왔던 그 간의 시를 한 편 한 편 읽어보면서

나와 아이를 생각하는 남편의 사랑,

세상을 바라보는 시선, 생각.

주변을 생각하고 사랑하는 마음을

조금이나마 느끼고 이해할 수 있었습니다.

전 원래 시와 가깝지 않은 사람이라

남편이 그동안 시집을 두 권이나 출간하고

여유시간에 시 쓰는 모습을 보고도

아무런 감흥을 느끼지 못했던 게 사실입니다.

그러나 이번 작업을 함께하면서 남편이 얼마나 시를 사랑하고

시를 통해 자신의 감정을 솔직하게 표현해내고

나와 우리 딸을 얼마나 사랑하는지를 더 절실하게 느낄 수 있는
소중한 시간을 갖게 해 주었습니다.
감사합니다.

정원이가 많이 자라 이 시집을 읽고 이해할 수 있게 되었을 때
아빠의 큰 사랑을 느낄 수 있게 되기를 바라며
소박한 꿈을 함께 꾸는 우리 가족의 행복을 기도하며
너무나 사랑하는 정원이와 뱃속에서 세상에 나오기를 기다리는 별이
를 축복하며
당신의 세 번째 시집 출간을 진심으로 축하하고
늘 당신을 존경하고 응원하는 아내가 당신 뒤에 든든히 버티고 있음
을 기억해주기를……
사랑합니다.

마지막으로
남편과 저의 든든한 지원군이자 늘 존경하고 사랑하는
남원 아버님, 어머님. 광양 아버지, 어머니.
진심으로 사랑하고 감사합니다.

2012년 6월
딸아이의 첫 돌을 기념하며
당신을 사랑하는 아내가

서문

바람이 멎는 일은 없다.
창문을 닫고 있어도
바람은 분다.
눈으로 볼 수 없는
그 바람의 존재를 나무가 꽃이 구름이 안다.
여기 세 번째 시집을 세상에 내놓는다.
시가 내 마음에서 멎는 일은 없다.
아내의 이름으로 딸의 이름으로 그리고 자신의 이름으로 세상에 나왔다.
한 글자마다 나를 담고 싶었다.
아직은 부족하기에 너무 부족하기에

2012년 5월
한영주

love is...

차례

3부 나를 위한 노래 ·93

1부
딸을 위한 노래

아빠의 노래

아가야
저기 앞산의 푸르른 솔잎을 보아라
계절이 산고개 넘어갈 때도
언제나처럼 그 빛을 잃지 않는 솔잎처럼

아가야
저기 분홍빛 여덟 잎의 코스모스를 보아라
바람에 휘청휘청 꺾일 것 같아도
노란 꽃술이 그 바람에도 엮어내는 향기처럼

아가야
저기 담벼락에 서 있는 감나무의 감을 보아라
비와 바람이 몇 번을 할퀴고 가도
기어이 탐스럽게 익어가는 주황빛 홍시처럼

아가야
우리 함께 노래하자
저기저기 땅마다땅마다 물마다물마다
너와 내가 불러야 하는 노래가 있구나

초음파 사진 속 아가야

초음파 사진 속
아가야아가야
나무가 털어낸 낙엽이
길가에 쌓여있는 시간에도
엄마라는 푸른 가지에 붙어 있었구나
밭고랑같이 밀려드는 파도보다
울컥울컥 밀려드는 심장소리가
이내 마음에 춤추는구나
아늑한 공간에서
큰사람이 되어가는 하루가
초음파 사진 속
작은 몸짓에 편안하게 그려지니
눈가에 맺힌 감동을 닦을 수가 없구나

두 개의 심장

아가야
우린 오늘 처음 만났다
니 심장소리에 눈시울이 뜨겁구나
엄마의 자궁 안에
"아기집"이라고
문패도 없이 사는
우린 가족이 되었다

아가야
6mm라고
손톱보다 작은 니 키구나
6주 2일전, 그날부터
"아기집"에 와서
7월 14일, 그날까지
"아기집"에 사는
초음파 사진의 니 모습이
신비할 뿐이다

아가야
눈시울에 걸린 시간이
환희와 축복에 젖었구나
그리고 눈가에 니가 있구나
고맙다반갑다

아가야
니 심장소리 곁에
엄마의 심장소리가 울리니
두려워말고
"아기집"에서
튼튼히 자라거라

아가야
우리 아가야
사랑한다

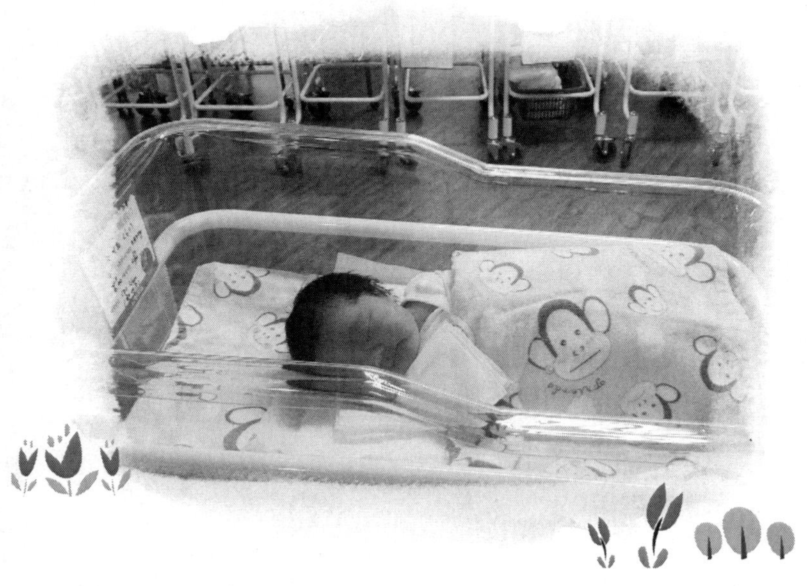

편지11 - 밝음이에게

밝음아
웅크린 채
엄마 품에서 출렁거리는
너의 하루
귀 쫑긋 세워
세상과 소통하다
가끔씩 확인시켜주는
너의 몸짓이 놀랍구나
너의 얼굴이 그립구나

밝음아
엄마 배에 손대는 것으로
세상과 연결시켜주고 싶은
아빠의 마음
들을 수 없어도
들려주고 싶구나
볼 수 없어도
보여주고 싶구나

밝음아
하루하루
두려워하지 않아도 된단다
엄마가 들려주는 세상은
언제나 너와 연결되어 있단다
아빠가 읽어주는 세상은
언제나 너와 소통하고 있단다

밝음아
엄마, 아빠라는 이름을 선물 받고
우리는 너무도 기뻤단다
그로인해 지금 이렇게
너에게 편지를 쓸 수 있구나
사랑한다
내 딸아

편지2 - 밝음이에게

사랑하는 밝음아
오늘은 엄마와 아빠가 밝음이의 성별을 아는 날이다
누구보다 밝음이가 여자이기를 바라는 엄마에게
행복한 날이었다.
엄마의 자궁 속에서
힘겨운 삶의 만남을 준비하는 밝음이를 생각하니
아빠의 마음이 뭉클해진다.
엄마와 아빠도 밝음이를 만날 날을
설레는 마음으로 기다리고 있다.
우리 곁에 와준 밝음이를 위해
시계 속 시간을 다 꺼내어
밝음이에게 행복을 주고 싶다.
지금은 찬바람이 곳곳에 넘쳐나는 겨울이고
밝음이가 세상과 악수하는 날은
뜨거운 여름일 테지만
엄마나 아빠에게 지금은 행복을 엮어가는 순간이다.
엄마의 품속에서 아빠의 소리를 들으며
오늘도 건강한 몸과 마음으로
만나기를 기도한다.
엄마, 아빠의 딸로 맺은 우리
서로 아끼고 사랑하며 살자

그리움

바람이 일랑 불어와
너의 손이 닿는 뺨에
닿아도
그 부드러움만 못하다

꽃집의 꽃이
시듦을 잊고
피었어도
너의 눈웃음만 못하다

외가에 두고
홀로 와 있는 집이
넉넉하게 아빠를 받아주어도
너의 작은 가슴만 못하다

아가
여린 너의 손이
아빠의 뺨을 쓰다듬는
그 행복이 몹시도 그립다

밝음이

엄마처럼 듣고
엄마처럼 말하고
엄마처럼 느끼고
밝음아
엄마의 품이
아직은 조그마한 너의 세상이구나
세상이
보이지 않는다 하여
볼 수 없는 건 아니란다
엄마와 소통하는 세상이
바로 너의 세상이란다
오늘은
늦가을 바람이 따사롭구나
아늑한 엄마 품에서
세상 속 소리가 커질 때도
편안히 잠들거라
보이지 않는다 하여 혼자가 아니니
엄마, 아빠가 너를 느끼며
너의 소리를 듣고 있단다
너를 항상 지키고 있단다

태명

밝음이
우리 아기의 태명이다

지금은 아기집에 사는

새벽별보다 빛나게
아침해보다 눈부시게
자라다오

바람에 스민 꽃향기같이
연잎에 맺힌 물방울같이
자라다오

밝음이
우리 아기의 태명이다

아기와 아빠

아기의 웃음과
아빠의 웃음이 겹친다
쉽게 반응하는 아기와
웃게 하는 아빠
아기가 웃든
아빠가 웃든
행복하다
아기와 아빠 사이엔
웃음 공기가 있다
입 크게 벌려
한 입씩 머금으면
따뜻한 웃음이 터진다
아기와 아빠는
눈빛을 맞추며
서로를 향해 웃는다
잉크처럼 번지는 행복
바람처럼 불어오는 행복

아기와 아빠는
놀이도 하고
동요도 부르고
아장아장
걷기 연습도 하고
손바닥도 맞추며
하루를 보낸다
아기의 눈에 아빠가
아빠의 눈에 아기가
선명하게 남아있는
하루가 따뜻하다

아빠의 소망

네 눈엔
바닷길 내어 오는 아침해를
보여주고 싶다

네 손엔
5월의 햇살과 10월의 햇살을
건네주고 싶다

네 귀엔
들꽃의 노래와 나무의 합창을
들려주고 싶다

네 걸음엔
추억과 값진 오늘 그리고 내일의 길을
열어주고 싶다

그리고

네 마음엔
아름다운 시와 반딧불이 한 마리를
선물하고 싶다

나의 딸 정원아

온종일
너와 함께 있음이
행복하구나
창밖의 세상이 궁금해
너의 작은 눈이 찍혀있는 창에
하늘 한 조각 붙여놓고 싶구나
젖병에 담긴 물을 먹으려
새의 날개마냥
두 팔을 뒤로 젖히고
고개를 내미는 모습은
너무도 앙증맞고 귀엽더구나
낮잠 푹 자고
너를 바라보는 우리를 향해
눈부터 웃어주는 얼굴이
사랑스럽더구나
엄마가 만든 이유식을
넙죽넙죽 받아먹는 모습에
너는 벌써 이렇게 컸구나
하루가 다르게
변해가는 너를
하루에도
몇십 번을 뒤집기하고
그럴 때마다 엎드려 울고 있는 너를
그만하라고 말하면서도

다시 할 때면
너무도 대견하고 기특하더구나
포기하지 않는 너를 보며
우리도
너를 사랑하는 일을
절대로 포기할 수 없구나
온종일
너와 함께하는 우리가
행복하구나
사랑한다
우리에게 있는 시간과
우리에게 안긴 너를

아가

아가
곤히 잠들어 있다가
가아끄음씩
용을 쓰는 너를
토닥여주기도 하고
배를 쓰다듬어 주기도 하는
엄마, 아빠가 니 곁에 있단다

아가
지금은 3시 40분쯤 되었다
두서너 시간쯤 지나서
너의 입가에 손가락을 대어 보면
너는 손가락을 따라 움직이더구나
오늘도 너는
엄마의 다리 위에 놓여져
우유를 먹고 있다
어느덧 우유량이 90ml까지 늘었구나

아가
너를 안고 우유를 먹이고
다시 잠을 재우고
다시금 너의 얼굴을 꼼꼼히 들려다보고 있단다
숨소리로 별의 노래를 만드는
새벽이 매일 찾아오듯
엄마, 아빠는 니 곁에 있단다

아가
잠자는 너를 지켜보면
너무도 앙증맞은 너를
엄마, 아빠는 사랑하지 않을 수가 없더구나
자다가 뽕뽕 방구소리도
몸을 비틀며 내는 용쓰는 소리도
쌔근쌔근 잠자는 소리도
너를 바라보는 것만으로
엄마, 아빠의 입가에 미소가 번지는구나

아가
엄마, 아빠는
너의 곁에서 새벽을 맞이하며
너의 숨소리를 듣고
너의 몸짓, 얼굴 하나하나의 표정까지도
눈동자에 새기고 있단다
편히 자려무나
사랑한다
너를…… 그리고
엄마, 아빠라서 이렇게 행복할 수가 없구나

부모라는 이름으로

한 생명이 웁니다
6월 30일 세상과 호흡하고
그 후로 아무것도 할 수 없을 것 같은
여린 생명이기에
부모라는 이름이 무겁기도 합니다
그 무게가 아이를 울게 합니다
칭얼대고
그 마음 헤아리지 못하는
부모를 향해 우는 생명을
어찌해야 합니까
초보라고
서툰 손길 따라 마음이 깊어집니다
부모가 그랬듯
한 생명의 부모가 되고
많은 날들
아무것도 할 수 없는 생명은
부모를 향해
울음을 멎고
웃음을 짓습니다

텅 빈 세상이었다면
아마도
다른 무엇도 채울 수 없는 행복이
가슴에 와 있습니다
부모가 되고
부모로 사는 동안
한 생명의 손발 짓으로
부모라는 이름으로
행복합니다
아니
행복해야 합니다

아빠가 있다

눈가에 긋는 웃음이
이쁘다
입가에 짓는 미소가
이쁘다
초롱초롱한 눈이
아빠를 본다
앙증맞은 손이
아빠의 새끼손가락을 잡는다
손바닥만 한 가슴이
세상보다 크다
아직은 뜻대로
움직일 수 없는
시계바늘이 가듯
한걸음씩 딛는 문 밖
두려움과 힘겨움에
시야가 흔들려도
평생을 함께 걷는
아빠가 있다
어떤 노래를 불러도
평생을 함께 부르는
아빠가 있다

사랑한다는 말
빗물이 지나는 길마다
바다와 만나
바다의 이름으로 불릴 때까지
들려주는
보여주는
아빠가 있다

아가야

이 세상과 빛을 나누는 아가야
가슴에 안겨 잠들고
세상에 호흡하는 너의 낯빛이
엄마는 한없이 사랑스럽다

예술품을 빚어내는 그 어떤 도공도
너의 모습을 빚어내지 못하고
명화를 그리는 그 어떤 화가도
너의 미소를 담아낼 수 없다

가끔씩 세상에 불어오는 바람도
너의 마음을 쓰러뜨릴 수 없고
가끔씩 세상에 닥쳐오는 파도도
너의 마음을 무너뜨릴 수 없다

아가야
너의 머릿결같이
세상 안에서 힘겨울 때
언제든 엄마의 가슴에서
지금처럼
잠들거라

첫 생일을 맞이하며

6월 30일

엄마와의 탯줄을 자르고

첫 울음이 수술실을 넘어왔던 날

그날을 기억한다

너를 만난

그으 날

아빠의 마음은 떨리고 있었다

세상보기가 두려웠던 넌

두 눈을 눌러 감고 있었다

왼쪽 발목엔 pm 4시 53분, 딸, 3.83kg

그리고 아빠의 이름이 있었다

아빠의 눈에 맺힌 그 물기가

그 순간이 아니면 만날 수 없는

선물이었다 축복이었다

그으 날 이후

조금씩…… 천천히…… 느리게……

한걸음한걸음

뒤집기와 배밀기, 무릎으로 기어가기

잡고 일어서기, 잡고 이동하기

이렇듯

웃음과 도전으로 성장하는 너를

설렘과 행복으로 지켜봤다

그리고 한 해를 돌아 6월 30일

처음이 주는 의미

모든 게 너에게 처음이듯

아빠에게 너는 처음이다

첫 딸, 첫 아빠 그리고 첫 생일

아빠로서 첫 생일을 맞는

너의 눈을 본다

너의 눈엔

어느덧 바람이 햇살이 꽃들이 있고

세상과 연결해주는 아빠가 있었다

바래지는 기억이 낙엽으로 지듯

세상 속에서 너의 존재를 찾을 수 없을 때

그때에 돌아와 아빠의 눈을 보고

잊혀지지 않는 기억도 있다고

사랑으로 새겨진 기억도 있다고

첫 생일, 두 번째 생일…… 몇십 번째 생일

아빠의 심장이 기억하는

너는

딸이라는 이름으로

사랑이라는 이름으로

산다

별아 - 나의 둘째딸아 | 태명

별아
어둑어둑한 창가에
별이 떴구나
한참이 지난 후에
다시 하늘을 보아도
별은 떠 있더구나
그렇게 너는 왔다
첫 딸을 낳고
얼마 지나지 않아
너는 왔다
기다림의 시계를 지나
뜻밖의 행운처럼
기다림의 창을 넘어
밤하늘에 감춰둔 별이
구름을 뚫는 강렬함으로
너는 왔다
당황스러운 엄마도
잠시였다
그 후
엄마는 오직
너만 생각했다
그날 밤
별이
참 이쁘더라

참 빛나더라
우리가
만나기 위해서는
많은 시간이 남았다
계절의 순리를 지나
바람의 굴곡을 지나
저 광활한 평야에
짙푸른 빛을 더해가는 날에
별아
우리는 만나는구나
창가로 별이 빛난다
엄마의 품속에
저 하늘의 별도
가질 수 없는 빛이
가득하구나
너는 왔다
우리에게
별이고
빛인……

별에게

만나는 날이 가까워질수록
밤하늘을 자주 본다
그젯밤
하늘에 별이 참 많더니
오늘밤
그 별들이 쏟아내는 빛이
하얀 눈으로 마당을 가득 메웠다
어디쯤에서
하나의 별로 춥고 긴 겨울에 빛나고
하얗게 씻고 난 후 봄은 오고
나무의 가족이 느는 여름
우리의 가족이 되는 별
그 별을 본다
바람의 설 자리도 없이
다 떠나보내고 난 나무가
긴 겨울, 긴 추위에 물기 마른 껍질로
부르트고 찢기고 버티는 것이
아마도 그래 아마도
별이를 맞이하고픈
아빠의 마음같구나

2부
아내를 위한 노래

그대에게 가는 길

사랑은

눈으로 보는 것이 아니라

사랑은

눈을 통한 마음으로 보는 것입니다

한 사람을 만나서

한 사람을 사랑하기까지

길을 감춘 안개에 서 있는 것 같아도

길은 언제나 걸어주기를 기다리고 있답니다

아직 가야할 길이 아득하다 하여도

첫 걸음부터가 그대였고

두 걸음부터도 그대였고

오늘 그리고 내일

그 다음날 걸음을 걸어도

첫 걸음의 그대랍니다

내게 있어 그대는

첫 걸음이었고

두 걸음이었고

가야할 걸음입니다

La Lee

자기와 함께 갔던 카페
창가로 보이는 풍경 속에
시선을 막 던져보아도
내 시선이 머무는 곳은
그대의 눈
팥빙수와 자몽주스를 먹으면서도
시선은
그대의 시선이 빠지고 말았던
자몽주스 잔 속
내 시선과 그대의 시선이 머물던
팥빙수 그릇 안
녹아드는 팥빙수를 떠 먹으면서도
마음이 따뜻해지는 밤
아마도
내 안에 그대의 시선이 머무는
저 구름 속에 잠든 별같이
촛불에 타는 듯
그대의 시선이 반짝인다

남이섬, 그곳 잊혀지지 않는

남이섬, 그곳 잊혀지지 않는
꿈속을 헤엄친 듯
한 마리의 잉어가 호수를 다 차지한 듯
물결치듯 이는 떨림과 감동,
그 행복
남이섬 주차장을 지나
표를 샀고
선착장에서 배를 타고 2, 3분여를 가면
꿈 속 그리던
남 이 섬
나체 동상의 여인이 물가에 다리를 담근 채
반기는 그 황홀함
너, 나의 손을 동행에 묶고
너, 나의 마음을 사랑에 묶고
가로수 길을 걷는
그대를 만나
한 평생을 그려보는
남이섬의 발자국이 찍어내는
너, 나를 떠나 우리로 그리는 추억
남이섬 동서남북을 향해 걷고
벤치에 앉아
그대가 준비한 과일도 먹고
공연장에서 노래도 듣고

“섬향기”라는 숯불닭갈비집에서 먹는
그 맛은 먹지 않아도 알 것 같고
하늘을 난다는 하늘자전거도 타고
그러나 날 수 없었던 마음은
어느새 하늘을 날고
남이섬을 나오는 길에
그린티라는 아이스크림도 먹고
눈앞에 타고 갈 배가 오고
남이섬이라고 쓰인 커다란 바위는
남이섬이 아니라 님이섬 같고
추억의 발걸음은 남이섬에 머문 채
손을 잡고 배에 오르는
서로의 깊이로 남아
앞으로 가야할 동행은
끝없이 이어진 도로 같고

안전희 한영주

안날부터 그대와의 만남은 손금에 그어져
선명한 선처럼 서로에게 닿아있는 인연이라는 생각이 듭니다

선택하고 또 선택해도 오직 그대만을 사랑하는 마음입니다
어떤 날에 어떤 날을 더해도 그 어떤 날은 오직 그대뿐입니다

희미한 세상 너머에서 터질 듯 타오르는 태양이
세상에 빛을 뿌리는 것처럼
그대라는 사람이 내 심장에 터질 듯 타올라 한 줌의 빛을 뿌렸습니다
그 빛이 온몸을 밝히고 있습니다

한남자의 심장을 속속들이 파내어 봐도
오직 그대의 빛만 가득합니다

영원이라 말하지 않아도
한평생만은 그대와 함께 동행하고 싶은 간절한 마음이 듭니다

주어도주어도 부족한 내 사랑의 끝은
오직 그대가 있음으로 채워질 수 있는 강력한 힘을 가졌습니다
사랑합니다.

내 생애 최고의 날

고백하고 한 달이 지났다
그녀의 대답
이제부터 첫 날이라고
수많은 생각이 꼬리를 잡고
늘어선 선택
기다림은 헛되지 않음을
원하던 외모와 이상형은
결코 아니었던 나라고
말하던 그녀의 말
마음 하나에 건 시간의 흔들림
그래서 더 힘들었을 선택
대학로 낙산공원을 오르고
정자에서 서울 시내를 바라보다
내려오면서 하는 그녀의 말
오늘이 첫 날이라는 말
한 남자로 인정한다는 말
"당신은참좋은사람입니다."
좋은 사람이라고
세상은 터질 듯 벅찬 감동으로
저 불빛은 어둠 속에서 빛나고 있다
나의 마음속에서 빛나고 있다
내 생애 최고의 순간은
바로 당신을 얻은 이 시간입니다
'당신도참좋은사람입니다.'

전등사에서

한 여인을 만나 첫 여행을 떠났다
하루 일정으로 가는 강화도 여행
달리는 네 바퀴에 실린 마음이
줄지어 핀 벚꽃 같다
첫 방문지는 전등사였다
목수의 사랑을 외면하고
홀로 떠난 여인을 조각해서
대대손손 가르침을 주는 벌거벗은 여인이
쪼그린 채 지붕을 버티고 있었다
전등사를 둘러본 후
중턱에 자리한 전통찻집에 들렀다
모과차와 국화차를 우려내어

마음에 향기를 부었다
향기가 채워진 마음으로
찻집을 나왔다
몇십 걸음을 서로가 엇갈려 걷다가
앞서갈 수 없고
뒷서갈 수 없는
맞잡은 손만큼만 벗어날 수 있는
서로의 길을 걸었다
처음 느껴보는 느낌
심장이 뛰는 건 가슴이 아니라
손이었다
그 손을 놓지 않으리라
심장이 말하고 있었다
한 여인의 걸음과
먼 날 동안 걷고 싶었다

당신참좋은사람이에요

오늘진짜고마웠어요
덕분에편하게잘만나고왔네요……
당신참좋은사람이에요
잘자요^^"
그녀가 보낸 문자가
어떤 시보다 마음에 와 닿습니다
더 이상 무슨 말이 필요하겠습니까
심장은 새롭게 뜁니다
자신의 존재보다 더 소중한 존재의 의미로
새롭게 뜁니다
이제는 알 것 같습니다
내 심장은 네 심장도 될 수 있다는 것을
사랑할 겁니다
온전히 마음 다 줄 겁니다
후회 없이 사랑하고
미련 없이 사랑하고
아낌없이 사랑하고
그래도 남은 사랑이 있다면
그것마저도 그녀에게 줄 겁니다
'당신도 참 좋은 사람입니다.'
나 또한 당신을 위해
노력하는 좋은 사람이 되겠습니다

한 남자의 고백

나 아닌 그 사람을 만나는 건
거울 속 나를 보는 것보다
수천 배는 더 행복한 일입니다
하늘에 구름이 찾아들었던 그날
황인용의 뮤직 스페이스에서
클래식이 그 사람의 눈빛에
음표를 촉촉이 새겨 넣는 사이
메모지와 연필 한 자루가 테이블에 놓여져 있었습니다
할 말은 멈칫거려도
쓸 말은 연필심을 으깨가며
써 내려간 이름 삼행시 고백글
안>보면 그립고 보고 싶은 사람
선>택해야 할 수많은 선택 중에 지금 하는 선택이 가장 소중한 선택일 겁니다
희>망의 씨앗이 천년 꽃으로 피워날 수 있기를 바랍니다. 나와 사귀실래요?
그렇게 시작된 고백은
클래식의 향기로 한 남자의 마음이
그 사람에게로 전해졌습니다
얼어붙은 자신감을 녹여
평생 후회 없이 그 사람에게
한 남자의 진심이라고 말하고 싶었습니다
집에서 이 글을 쓰는 내내
가슴이 떨려옵니다
기다려야 하는 이 시간밖에
지금 할 수 있는 일은 없지만
그래도 이 순간이 무한 행복합니다

사랑해

내 눈빛을 감출 수 없기에
그 보인 눈빛의 간절함으로
사랑해

내 혀를 자를 수 없기에
그 달콤한 혀의 깊이로
사랑해

내 심장을 꺼낼 수 없기에
그 뛰는 심장의 생동감으로
사랑해

내 손금을 바꿀 수 없기에
그 그어진 손금의 운명으로
사랑해

한 여인

삶은 버릴 수 없는
끝끝내 기다려야 하는
이유가 있었습니다
스쳐가는 인연으로 마음이
비워졌고
다시 만나는 인연으로 마음이
채워졌습니다
그렇다고
어떤 마음이
같은 자리에 머물 수는 없었습니다
떠남이 익숙한 시간이기에
만남이 절실했던 날
한 여인을 만나게 되었습니다
아침해를 한 입 베어 문 것처럼
맑고 큰 눈을 가졌고
목련꽃 닮은 피부와 웃음을 가졌습니다
입가에 펼쳐지는 얘기는
한 편의 전설을 만들어냈습니다
보고 있어 설레고
떨어져 있어 그립고
만나고 싶어 간절한
한 여인과의 시작이
한 여인과의 동행이기를
기도하게 만드는
한 여인을 만났습니다

그런 사람을 만났습니다

한 사람이 다른 사람으로 되어가는
바람에 닿아도 마음에 꽃이 피는
손끝에서 심장까지 떨려오는
한 번 보고 평생을 살고 싶은
그런 사람을 만났습니다

고집 세고
투정부려도 밉지 않고
하나에서 열까지 맞춰가도
싫지 않는
그런 사람을 만났습니다

바늘귀 같은 옹졸함도
하늘같이 넓혀주는
무력한 발걸음에
꿈을 실어주는
그런 사람을 만났습니다

생각을 잘게 잘라내어

생각을 잘게 잘라내어
그 안에 다른 생각을 넣어도
이미 다른 생각은 잊어져가니
그대가 나의 생각의 시작과 끝이랍니다

생각을 잘게 잘라내어
그 안에 갖가지 색연필로 곱게 칠해도
이미 다른 색은 퇴색되어 가니
그대가 나의 빛색이랍니다

생각을 잘게 잘라내어
다양한 꽃들을 심어도
이미 그 꽃들은 시들고 마니
그대가 나의 꽃이랍니다

그림자가 서서 걷는다

그림자가 서서 걷는다
바닥을 걷던 날들을 일으켜서
지난 시간의 짓무른 아픔을
햇살에 말리고 있다
그 언젠가 꿈을 꾸던 일들이
하나, 둘 깨어나서
숨을 쉰다

그림자가 서서 걷는다
지난 세월 내 곁에 머문
케케묻은 냄새를
향긋한 봄바람의 숨결로 날리고 있다
그 언젠가 호올로 피운 일들이
하나, 둘 피어나서
둘이 된다

그림자가 서서 걷는다
쓸쓸히 지던 서녘하늘을 두드리며
지난 시간을 검붉게 태워서
노을로 태어나고 있다
그 언젠가 지울 수 없었던 일들이
하나, 둘 지워져서
우리가 뜨겁다

만남의 시작과 끝

하루를 지나쳐서 가면
또 다른 하루가 어느새 다가와 있다

그대를 지나쳐 가면
또 다른 하루처럼 그대가 성큼 다가와 있다

새날이라 불러도
그 새날의 시작은 그대이다

만남의 시작부터
만남의 끝, 그 끝이 이끄는 곳이 그대이다

네 바퀴의 걸음

5시 40분
그대와의 약속
만남의 시간이 엮어가는 바람에
가을이 걸린다
눈거울로 썬크림을 찍어 바르는 나
까맣게 그을린 피부가
백합을 꿈꾼다
약속의 시간을 찾은 그대의 걸음이
차창 밖으로 보이고
차안에서 멈춰섰다
그때부터 시작된 네 바퀴의 걸음
걷지 않아도
뛰지 않아도
가는 시간
가는 걸음

차창 밖으로 한강이 멎은 듯이
흘러가고
우리의 시간은
한강의 노을로 긋는다
서로 사랑하는 것은
북한강과 남한강이 그랬듯
한강이라서
하나의 물줄기가 되어
서녘하늘 노을을 끌어와 긋고 가는
영영 지워지지 않는
그 무엇 하나 품을 수 있는 일이라고
네 바퀴의 걸음이
걷지 않아도
뛰지 않아도

날마다

날마다 찍어내는 발걸음이
그대의 심장을 닮았다

날마다 스쳐가는 바람이
그대의 웃음을 닮았다

날마다 빚어내는 이슬이
그대의 눈동자를 닮았다

날마다 터지는 아침이
그대의 사랑을 닮았다

날마다 그리운 나는
그대의 그림자를 닮았다

그대가 빚은 송편에 대하여

한가위 달을 반 오려낸 듯 닮은
그대의 송편을 먹었습니다
솔방울만 한 반죽을 떼어 고르게 펼치고
그 속을 깨와 콩으로 채워
오른쪽에서 왼쪽으로
혹은 왼쪽으로 오른쪽으로
정갈하게 붙인 흔적이 송편에 그대로 남았습니다
그대의 온기가 그대로 남았습니다
그대의 마음같이 빚은
송편을 한 입 베어 먹으면서
그 마음이 달빛보다 밝아보입니다
어둠 속 하늘에 송편을 달아놓아
그대를 생각합니다
달빛은 아니어도
별빛은 아니어도
저 하늘의 빛은 아마도
그대의 송편을 밤새 달아놓았기 때문입니다
그것은 빛입니다
이 밤이 새날의 빛으로 변해가도
그대가 빚은 송편을 먹은 나는
그대의 빛을 담았습니다

가을나무 밑에 앉아봅니다

9월의 가을나무 밑에 앉아봅니다

또르르 떨어지는 햇살이 보이고

살랑이는 바람이 보이고

푸른 잎에 붙어있는 마음이 보입니다

푸른 잎마다 쌓여있는 시간같이

우리가 물들어갑니다

초록을 켠 나무가

우리가 기댄 시간만큼

울긋불긋 단풍듭니다

서로가 가꾼 싱싱한 추억이

가지마다 뻗쳐 가을 잎에 새겨집니다

9월의 가을나무 밑에 앉아봅니다

떠오르는 그리움이

바람을 타고 무릎에 눕습니다

지쳐있는 태양이

빚어 내린 흔적은 어느새

서녘하늘 노을이 됩니다

그 하늘 밑에 누워 있는 우리가

가을나무를 닮고

그 하늘 밑에 누워있는 우리가

서녘하늘을 닮고

이내 10월의 가을이 되어갑니다

나의 천사

눈가에 어제의 추억이
눈가에 오늘의 사랑이
눈가에 내일의 밝음이

힘듦과 밝음이 사이에 있는
나의 천사

눈가에 고인 피곤을 떼어 봐도
다시금 와 닿는 시간아

꿈 속 깊숙이 피곤을 두고 와도
신발 속 깊숙이 남아있는 어제

다시 걷는 아침에 밝음이와
한 생을 나누고 있는 나의 천사야

그 옆을 따뜻하게 지켜주고 싶은 나는
생의 전부를 그대에게 바칩니다

혼인신고

혼자가 아니라는
법적 근거를 남겼습니다
첫 느낌의 그 순간보다
지금의 이 순간을 기억하겠습니다
서로가 만나
서로가 꿈꾸는 하나의 세상을 위해
한걸음한걸음 질긴 정을 엮어가며
마음 깊이 구석구석
그대의 사람으로 살겠습니다
이제 혼자라는 수식어를 떼어
둘이라고
'혼자는 사라졌다'라고 외치겠습니다
각각의 시계를 손등에 차고
시계바늘 따라 살아도
우리에게 주어진 시간은 하나입니다
그대를 위해
몸짓, 손짓, 눈짓이 달라도
마음 짓은 그대를 향한 초침입니다
살아있는 이 순간마저
끊어지고 닳아지고 사라져도
멈춤 없이 도는 한마음이 있다는
그대를 지켜주고 싶은 한마음이 있다는
혼자가 아닌
둘이 살면서 둘을 떼어내고
남은 시간을 한마음으로 엮어가는
우리는 법적부부가 되었습니다

그래서…… 사람

사랑할 수밖에 없게 만든 사람
그래서 사랑한 사람

혼자 있기 싫게 만든 사람
그래서 함께한 사람

떨어져 있기 싫게 만든 사람
그래서 그리운 사람

그대가 있음으로

하루의 시작과 끝
그 사이사이의 시간까지도
오직 그대로 채워집니다
찬바람이 옷깃을 닫게 해도
마음은 그대를 향해 열려 있습니다
맞잡은 손으로 느껴지는 그대의 온기가
온몸의 체온을 데웁니다
살아가는 것이
아름다울 수 있는 것도
마음이 그대를 휘돌아 나온 까닭입니다
혼자서 걷는 걸음조차
마음 안에 그대의 마음으로
낯익은 그림자가 되었습니다
어디를 걷든
무엇을 하든
그대의 존재를 확인하는 시간입니다
간격을 고집하는 나무에 기댄 채
하루를 시작하는 발걸음이
잠시 멀어져 있는 것은
그대로 인해 알게 된 기다림일 뿐입니다
기다림의 또 다른 이름
설레임일 뿐입니다
그대가 있음으로
사랑이 있고
나의 발걸음이 춤추듯 날아갑니다
그대가 있어 행복합니다

내 사랑 선희

수평선에 맞닿는 파도가
나울거리고

모래에 긁어대는 바다가
하얀 거품 속에서 살아나네

그대에 맞닿는 하루가
너울거리고

시계에 긁어대는 일상이
하얀 입김 속에서 피어나네

사랑에 맞닿는 그대가
나울너울거리고

마음에 긁어대는 선희가
작은 심장 속에서 노래하네

그대 곁을 지킬게요

찬바람이 거리에 빽빽해도
그대의 옷깃에 남은
햇살의 따스함으로
그대 곁을 지킬게요

살면서

눈물이 흐르는 날이
그대가 기억될 슬픔이 아니라
기쁨과 행복으로 맺게
그대 곁을 지킬게요

여전히

심장에 사는 그대가
한평생 머물러 사는
나의 삶의 온전한 노력으로
그대 곁을 지킬게요

연리목

함양 상림 숲에 갔다
그곳엔
느티나무와 개서어나무의 몸통이
하나로 붙어 있는 연리목이 있다
뿌리가 서로 다른 나무의 결합
하나의 몸통
그대와 나의 만남
그대를 만나기 전
부모의 가지였던 우리
서로 다른 부모 밑에서
하나로 합쳐지던 날
하나의 연리목이 되었다
우리도 우리의 한 가지를 뻗어
우리 내 가지를 낳고 키우는 사이
결혼 1주년이 되었다
그때의 언약
천년의 사랑이 아니라도
천년의 대대손손
연리목의 자손들이
또 다른 뿌리를 만나
연리목이 될 때까지
그대와 나
떨어져서 살 수 없는
오늘의 싱싱한 날들이
천년을 뻗는다

한 남자의 결혼서약

한 남자로 태어나
한 여자를 만나
사랑을 하고
결혼을 하고
가정을 이루고
둘이 사는 것
한 여자와 사는
다시 태어나는
결 혼
옛 나를 깨고
새 나를 다져가는
가끔 불러보는 옛 나로
상처받는 한 여자
혼자의 틀이 단단하여
혼자를 깨버릴 수 없다면
새 나는 없다
둘의 의미가 없다
한 여자와의 결혼에 지켜야 할
나의 약속
첫째, 화내지 않기
둘째, 웃게 하기
셋째, 항상 인정해주기
넷째, 귀를 즐겁게 해주기
다섯째, 나보다 더 아껴주기

여섯째, 사랑해주기

일곱째, 한 여자의 한 남자로 평생 약속 지키기

한 여자가 있어

한 남자가 웃고

한 여자가 있어

한 남자가 산다

설령 모든 게 나를 벗어나 있어도

그럼에도 불구하고

한 여자의 한 남자임을 감사하며 살기

오뎅의 행복

이름도 모르는
함양에서 마천으로 가는 도로
기억나는 건
지리산 제1문이다
천왕봉으로 가는 걸까
휴게소에서 내려다 본 도로는
뱀 같다
구불구불 뱀처럼
차 또한 기어오른다
어쩜 뱀의 등을 타고 왔을지 모른다
지리산 제1문을 통과하기 전
휴게소와 전망대가 있다
휴게소 오르는 도로 옆
마을 이름 새겨진 장승이 즐비하다
무엇의 기원으로
무엇의 바람으로
저리도 당당히 서 있을까
저리도 의젓이 서 있을까
뱀의 등에서 내려
휴게소에서 과자 한 봉지와
따뜻한 국물에 담긴 오뎅 두 개를 샀다
차 안에서 아기를 돌보고 있던 아내에게
오뎅을 건네자
너무도 좋아하는 아내는

이게 행복이라고
차에서 내린 아내는
따뜻한 국물과 오뎅을 먹으면서
이게 행복이라고
제법 쌀쌀한 바람이
나의 마음 속 행복을 읽고
지리산 제1문을 통과해 지나갔다

시골집에서

부모님이 3박 5일 중국여행으로 집을 비워서
잠시 시골집에 머무르는
나와 여인 그리고 우리의 아기
부모님이 떠난 그날부터
귀향부부가 따로 없다
아침이면
앞산의 소나무가 푸른 손을 흔들어
반겨주고
저녁이면
점점이 켜지는 별빛이 지붕으로 내려앉아
안아주는
도시의 매캐한 냄새가 베인 일과를
신선한 공기로 갈아엎는 일과
부모님이 키우는 소 한 마리가 있다
여행으로 소가 걱정되었던 부모님을 위해
선뜻 시골집에 머무르겠다고 했던 사람
시골집에 머무르는 일이
낯설 것 같아도
시골 아낙네가 되어가는
한 여인을 보면서
참 좋은 사람이다
참 고마운 사람이다
아침, 저녁으로 소밥을 주고
틈틈이 장작보일러에 불을 지피는

한 남자 곁에
첫째를 낳고 둘째를 임신하여
참 많이도 변한 몸이지만
아름다운 사람이다
향기로운 사람이다
부모님의 여행을 위해
옷이며 모자, 상비약, 세면도구, 초콜릿까지
꼼꼼히도 챙겼던 사람
그 마음 씀씀이가 깊고 아름다운 사람
함께 사는 것만으로 감사하고 행복하게 하는 사람
함께 있는 것만으로 미소 짓게 하는 사람
오늘과 어제의 시간을 공유하는 시골집 마당이
그대의 품같이 따뜻하다
그대와 걷는 시골길마다
마을 여기저기에 숨겨두었던
어릴 적 보물상자가 발걸음마다 열리니
옛 시간이 시골집이
그대로 인해 정겹다

그대에게

그대와 연을 맺은 후
1년이 되어갑니다
우리를 위해
시계는 멈추지 않았습니다
한 생명을 낳고
또 한 생명을 품고 있는
날마다 그대의 얼굴과 마주하는 것이
낡은 세상에서 찾은
새 시계입니다
낡은 시계는 멎은 지 오래되었고
아침이면 나의 시계는
촘촘히 박힌 그대의 눈동자로 돌아갑니다
일생에 한 번 만나는 인연으로
새 시계를 선물 받던 날
그 행복, 그 기쁨, 그 감동은
추억이 아니라
잊어지지 않는 오늘로 되살아납니다
그대의 삶이 발바닥의 굳은살로
딱딱해질 때
그저 그대의 발바닥을 주물러주는 것으로
감사의 마음을 전합니다
부족함, 미안함, 감사함
이런 나의 모습도 지금은 오직
그대에게

새 시계의 운명으로
삶 전부로 사랑하는 일
그 사랑하는 일로 살아갈까 합니다
행여 사랑이라 말하지 않는 시간이
서글퍼질 때
그 시간도 나의 사랑은
그대 곁에 있습니다

대상포진

수두 바이러스가 남아 있다가
면역력이 약해지면
나타난다는 대상포진
며칠 전
오른쪽 어깨가 무겁고
뼈가 아픈 것 같은 통증이 있어
어깨를 보니
두드러기 같은 것이 나타났고
걱정스럽게 보는 아내는
급하게 집에 있는 연고를 바르고
병원에 가자고 했다
대수롭지 않게 여긴 나의 불찰로
대수롭게 여긴 아내의 사랑으로 알게 된
대상포진
그래
너도 틈을 노렸구나
긴 시간 잠복해 있다가
내가
내 몸에 방심한 틈에 나타나
나 이렇게 살아있다고
죽은 게 아니라고
자신의 존재를 드러냄으로써
약해진 나의 몸을
나조차 버거워진 나의 몸을

비꼬듯이 솟아난

대상포진

피부과에 가서 진찰을 받고

너의 존재를 알게 된 후

약 찜질을 하고

연고를 바르고

알약을 먹으면서

너를 누르기 위해

애를 쓰는 모습이 우습기도 하겠지만

너로 인해

아내의 극진한 사랑을 알게 된 나는

니가 고마울 뿐이다

내 몸의 틈을 노려

이겼다고 생각한 찰나

나는 알게 되었다

아내의 빈틈없는 사랑을

그러니

아직 오른쪽 어깨에 남아있는 너는

의기양양하게 버티고 있지만

얼마 지나지 않아

아내의 사랑으로 시기하다

비명횡사할 테니

단단히 각오하고 있어라

아름다운 낙서

잠든 그대를 봅니다
그대를 만나
결혼을 하여
함께하는 시간의
즐거움
한 여인의 남편이 되고
한 아이의 아빠가 되고
어둑어둑한 동굴 속
한 마리의 박쥐가
어느 날
밤하늘로 날아가
별 하나 물고 와
동굴을 밝혔다는
터무니없는 얘기의
주인공이 된 나
쓸쓸한 날을 꺾어
행복하다로 덮어준 그대
일생의 시간을 허락한 순간부터
곁에서 잠든 모습까지
지우개로 지울 수 없는
아름다운 낙서입니다

한 여인을 위한 기도서 - 결혼서약

맞닿는 거리에 있게 하소서

서툰 감정에 등 보이는 날 있어도
다가가 토닥여주는 마음 갖게 하소서

치닫는 의견이 해일같이 치솟아 올라도
내 마음 바다 깊이 내려가게 하소서

현재가 쓴 시간에 묻힐 때
잊혀진 시간 속 오늘, 그 맹세를 되뇌게 하소서

살면서 한 남자의 존재로 커질 때
동행한 한 여인의 삶을 인식케 하소서

그리고 여기 함께 있음을
맞닿는 거리에 변함없이 서 있었음을
기억하게 하소서

축시

오늘 이 자리에서
선희와 영주의 부모님과 사랑하는 나의 선희에게 이글을 바칩니다.

선희와 영주의 손을 맞잡고 걸을 수 있는
눈부신 날을 선물해주신 부모님! 감사합니다.

부모님의 아들과 딸로 살아가는 게
아름다운 문을 열어 행복의 여정으로 가는 삶의 필연적 선택이었습니다.
세상과 인연을 맺어주시고
새 삶의 선택을 이어주시는 고마움에 다시금 뜨거운 마음을 전합니다.

선희와 영주, 우리의 부모님
감사합니다. 당신의 삶을 존경합니다. 그리고 뜨겁게 사랑합니다.

잊을 수 있는 오늘
나는 한 여인과 결혼을 합니다.

아침이면 세상 속에 뜨는 빛이
오늘은 내 삶의 빛으로 뜨는 날입니다.

처음 만났던 날, 선희가 주엽역 6번 출구 쪽에서 걸어오는 모습은
내 삶의 빛이었습니다.

그 만남이 이어진 길에서
맞잡은 손을 더 굳건하게 잡고 나의 시간을 선희와 동행하려 합니다.

심장이 뿜어내는 피가 힘겨워 지치고 멎어가는 날에도
그 심장의 남은 열기가 식을 때까지 선희의 남자로 평생을 다하겠습니다.

슬픔이 해일처럼 일어나면
선희의 손을 잡고 바다 깊이깊이 내려가 포근히 안아주겠습니다.

바다의 파도 같은 행복이 쉼 없이 일렁이게
삶의 조각조각 웃음이 꽃피우는 선희의 또 다른 얼굴이 되겠습니다.

시계바늘이 지나가는 자리마다 가슴 따뜻한 행복을 채워
내안에서 아늑한 평생을 살 수 있는 시간을 선물하겠습니다.

선희, 나의 선희!! 사랑합니다.
나의 삶의 새 길을 함께 가는 사람, 고맙습니다.

세상을 퍼즐조각처럼 쪼개어 찾아봐도
오늘 그대보다 눈부시게 아름다운 사람은 없을 겁니다.

수천, 수만, 수억 번을 채워도 부족한 말
오늘 이 순간 한번을 더 채워봅니다. 사랑합니다. 나의 천사(선희)

선희와 영주, 우리의 부모님! 사랑합니다. 고맙습니다. 잘 살겠습니다.
그리고 결혼식에 와 주신 많은 가족과 우리의 소중한 인연 모두 감사
합니다.

선희와 영주
그 보답으로 웃음 베풀며 잘 살겠습니다.

또 한 번을 채워…… 사랑합니다.
지금 이 순간 그대에게 가는 발걸음이 뜨겁게 뜁니다.

더 없이 행복한 날
2011년 2월 13일 뜨거운 겨울날 - 영주 올림

그대의 품속엔 그대 닮은 꽃이 핀다

그대여
슬퍼하지 마라
예전과 다른 몸이라 해도
그대의 품속엔
그대 닮은 꽃이 핀다

그대여
실망하지 마라
옛 사진에 없는 모습이라 해도
그대의 모습엔
그대만 가질 수 있는 꽃이 핀다

그대여
절망하지 마라
하루가 낱낱이 지워진다 해도
나의 품속엔
지울 수 없는 그대가 핀다

그대여
후회하지 마라
돌아갈 수 없는 시간이라 해도
그대 곁엔
그대만 아는 사람이 핀다

그대에게

시를 쓰는 게 아닙니다
그대를 씁니다
말하는 것으로
말할 수 없는 것까지
말할 수 없기에
그대를 씁니다
내 마음을 씁니다
그대를 만나서
그대를 곁에 두고
그대와 함께하는
모든 게
일생에 한 번
한번이기에
소파에 누워 있는
그 편안함까지
소파 옆에 서 있는
시계의 시간으로
사랑하고 있습니다
만남과 사랑으로
낙엽에 놓여진 햇살 같은
아이를 갖게 되고

한 공간에
세 사람이 엮는 편안함과
설레임 그리고
서로의 마음이
밤과 낮의 이어짐으로
사랑을 엮어갑니다
오늘은
시를 쓰는 게 아니라
그대에게
나의 사랑을 노래합니다

그대 곁에 있음이 매일 사는 이유랍니다

그대 곁에 있음이

매일 사는 이유랍니다

스쳐가는 바람도

잠시뿐

오지 않는 시간을

어쩐진 못해도

가는 시간을

그대 곁에서

한동안 머물 수 있는

방안의 온기가 따뜻합니다

밤새 닫힌 어제의 눈꺼풀을 열어

아침이면 그대를 봅니다

창밖으로 행복이 채워지고

별빛 다 쏟아 부은 길에는

밤새 눈이 내렸습니다

내일이면

다시 떠 있는 별처럼

어느 날

그대의 빈자리가 생겨도

내 마음의 빈자리가 아님을

한동안 그대와 사는 날이

일상을 돌아가는 시계로

행복을 두드리는

심장소리를 닮아갑니다

행복

사는 내내

가는 길이

곧거나

혹은

굽거나

코스모스 줄지어 핀 길을

거닐 수 있는

그대만

내 곁에 있다면

이보다

더 행복한 삶이

어디 있을까

허기

날마다
끼니때마다 먹던
밥
지금은 22시 20쯤
일상의 식사를 훌쩍 넘긴
시간
밥 알갱이들이 빠져나간
위
텅 빈 공간의 광장
밥 알갱이로 채워보는
밤
그 안의 답답함
그 안의 허무함
오늘 아침
친정으로 떠난 그녀다
일주일 후 다시 와
이 공간에 있을 그녀지만
오늘은 허기진다
숟가락 위
밥 알갱이로 쌓여있는
시간
위에 쌓여가는
그리움 헤집고

한동안 허기가 들면
밥 알갱이로 달래야 하는
허기진 밤
그녀가
왜 이렇게 보고플까

뒤사랑

앞만 보는
그대여

그대 눈앞에
앞사랑만 있다고

행여 슬퍼하거나
서글퍼한다면

그대 뒤에서
뒤사랑으로

그대 길 따라
발걸음 닮아서

파뿌리 생 닿는 날까지
오늘도 걷고 있는

내 길 앞에 그대여
사랑하오

그대라는 사람을 만나

그대라는 사람을 만나
함께 가는 시간 내내
지금껏 되뇌었던 말보다
더 많이 해야 하는 말

그대라는 사람을 만나
한 생명을 잉태하고
한 생명을 키우면서
사는 내내 시시때때 해야 하는 말

그대라는 사람을 만나
바다의 물결이 곱게 펴진다 해도
마음의 물결을 일생동안 일렁이며
마음깊이에서 해야 하는 말

그대라는 사람을 만나
햇살의 닿는 곳마다
바람이 부는 곳마다
새겨놓고 해야 하는 말

사랑합니다

낯설다

낯설다
그 끝을 베어 보면
어느 장소, 어느 시간에
우리는 스쳤을까
서로를 몰랐으니
그저 낯설었다
마냥 외면했다
시계는 되돌아되돌아
우리 곁에 와 있다
낯설다는 말로
손잡을 수 있었다
외면했던 날로
눈빛다리 놓을 수 있었다
시계가 되돌아되돌아
그대 없는 세상이
이제는
낯설다

부부의 날에

부부의 날이라고
그녀가 떡케익을 보냈다
그녀의 마음을 닮은
원모양의 노란호박백설기
무뚝뚝해보여도
마음이 따뜻한 그녀다
소소한 일상에 바람같이
머무는 그녀다
지워져가는 발자국에
새 발자국의 의미를 담는 그녀다
새삼
삶의 주변에도 바람같이
그녀가 있다
떡케익 한 조각 씹으며
감동이 목구멍에 걸렸다
한참을 쏟아내니
왜 이렇게
그녀가 보고 싶을까

한사람

하루 종일
한사람과 같은 공간에서
함께하고 있다
1년 전
한사람을 만나서
1년간
떨리는 연애를 하고
1년 후
그리던 결혼을 했다
나의 시간을 공유할 사람
그 사람이 지금 옆에 있다
속속들이 알아가는
하루 종일
한사람의 존재로 웃는 나
한사람의 존재로 우는 나
걸었던 길과 걸어갈 길
혼자 가는 길과 동행할 길
거실 한 켠에 세워놓은 시계가
도는 사이
내 옆에 한사람과
인생의 시작과 끝을 같이 하고픈
새로운 시간을 걷는
내 옆에 내 사람이 있다
내 옆에 내 사랑이 있다

한사람과 다른 한사람이 만나

한사람과 다른 한사람이 만나

우리로 서 있습니다

바람이 스쳐가야

꽃은 피듯

그대와 나로 인해

우리의 꽃은 피었습니다

윤중로 벚꽃 길을 걷는

우리는 서로의 손을 잡고

이어진 인연의 소중함을 새깁니다

낯선 길이 낯설지 않은 건

수많은 인파 속에

바람보다 먼저 와

내 옆을 채웠던 그대입니다

벚나무는 알고 있었나 봅니다

4월의 바람이 걸린 벚가지마다

꽃피는 도시의 물결

그 물결 속을 걷고 있는

우리의 시간이 벚가지마다 피었습니다

지나가는 사람들 머리 위에

접붙인 벚꽃이 피었습니다

벚꽃의 시간이 피었습니다

한사람과 다른 한사람이 만나

벚꽃의 시간보다 먼저 와 있는

우리의 꽃이 피었습니다

3부
나를 위한 노래

바람의 흔들림이 머무는 곳이면

정처 없이 떠도는 구름의 집은
따로 없다
가는 곳 닿는 곳이
집이다
애처롭다 생각지 말라
한 점에 머물러 있는 사랑일수록
좁은 시야에 갇힌 새일 뿐
님 떠나고
홀로 있다 하여
슬퍼말라
슬픔은 구름 속에 머무는 물기 같은 것
바람의 흔들림이 머무는 곳이면
그곳에 님이 있다
그곳에 집이 있다

떠나지 않았기에

떠나지 않았기에 떠나는 겁니다
말뚝이라도 박고
영혼까지 묶어두고 싶어도
머무르는 것으로
바람은 응당 붑니다
먼지가 아니어도
망설임 없이 떠나는 겁니다
빛줄기는 수직으로 내리꽂히고
눈물은 구름 속에서 말라갑니다
구름은 동서남북
어디든 갑니다
떠남으로
천둥도 만나고
번개도 만나고
산, 들, 강, 바다도 만납니다
떠나지 않음보다
떠남으로 보지 못한 진실을 만납니다
거짓의 씨앗을 뿌려
진실의 싹을 틔우는 것도
떠남이 있기 때문입니다

회에 대한 단상

저녁때 아버지가 회를 떠왔다
그 맛이 쫄깃쫄깃
동해바다 맛일까? 아님
서해바다 맛일까? 그것도 아니면
남해바다 맛일까?
어디에서 잡혀왔을까?
낚시의 유혹을 견디기 힘들었을까?
그물에 걸려왔을까?
바다를 떠난 후
좁은 수족관에 사는 것보다
한 접시 회로 들려와
쫄깃쫄깃 씹혀서
내 몸의 일부가 되는 게
다시 바다로 가는 길이었을까?
바다로 가는 게
죽음 밖에
한 접시 회로 먹히는 것밖에
없었을까?
씹으면 씹을수록
두 눈 부릅뜨고
내안에서 환생하여 나를 이끄는 것 같아
바다로 가라고 바다로 가라고
그날 밤 문득
바다가 그립다

바다에 발 담그면
꼬리지느러미가 돋아나
금방이라도 결승선 긋고 있는
수평선으로 갈 것 같다
바다가 그리워지면
몇 마리의 물고기가
모세혈관을 따라 헤엄치는 것 같아
언제부턴가
온몸이 간질간질하다

어둠에 대해

노을이 꺼지고
어둠이 켜진 후
어둠 속을 걸었다
어둠 속에선
나 또한 어둠의 그림자가 되는 일
앞도 보이지 않는 길을
헤매어도
어둠이 되어 버린 자신을
바람이 실어가도
알 수 없었다
때론 쓸쓸히 버티고 선 나무에 앉아
노래가 되는
때론 저 하늘의 어둠 한복판을 뚫는
별이 되는
바람은 연신 불어와
어둠을 겹겹이 쓸어가도
다시 와 덮는 어둠 속에
시큼한 냄새가 남아있는 신발 속
몇 개의 별이 내려앉아
빛이 드는
어둠이 짙어 그림자가 짙다
그런 줄만 알았다
그림자로 사는 어떤 사람은

빛을 잃었다 여겼고
어떤 밤에서야
신발의 빛을 쫓아
하늘을 올려다 본
저 높이에 별이 떴음을
언제나 떠 있음을
그렇게 자신이 별빛의 그림자였음을
안다

껍질

알맹이를 감싸고 있는

껍질

내 껍질 속

알맹이가 보고 싶어 목욕탕에 갔다

겉옷을 벗어도벗어도

드러나지 않는 알맹이

알몸이 드러나도

보이지 않는 알맹이

어떤 사람이

어떤 얼굴이

내안에 살고 있을까

사랑은 저만치에서 오고 있다

저만치 선 나무
그 옆에도 그 옆에도
나무가 저만치 서 있다
뿌리가 다른 나무가
하늘로하늘로 오를수록
가지며 잎을 비벼가며
기대고 있다

수평선에 선 하나 긋고
해안가로 돌아오는 파도
수평선 바라보면
그 너머는 볼 수가 없다
다만 수평선부터
파도와 파도는
서로를 쫓고 있다

거리에서 마주치는
낯선 사람들
그 틈에서
눈빛이 따르는 향기
나무는 홀로 서 있고
파도는 심장을 치며
사랑은 저만치에서 오고 있다

추억일기장

설이라고
도시에서 부초처럼 사는
벗들이 와
그들을 만났다
고속도로 이름보다
느리게 왔던 고향도
빠르게 오는 정겹던 소리에 잊고
오랜만에 벗들과 술자리를 가졌다
모두가 결혼을 하고
하나같이 가족의 울타리를 둘렀다
한 잔의 술로 비워내는
도시의 삶은 매서워도
두 잔의 술로 채워보는
고향의 추억은 따뜻했다

그날 밤
별은 전등 같았다

어제보다 추워진 오늘이었고
오늘보다 따뜻한 추억이었다

도시의 삶은
바늘로 쑤셔대는 겨울바람이었을까
자꾸만 현실을 잊어보는

추억여행

깊어가는 그날 밤

살아나는 추억과 유년시절

동네의 산과 들, 냇가에서 있었던 기억은

언제든 들추어보는

우리들의 추억일기장이었다

시간을 잊고

추억일기장을 한 장 한 장 넘기는 사이

진눈깨비 눈이 날렸고

바람은 차가웠다

마음만은 따뜻하게 데워진 채로

추억일기장을 덮고

서로의 현실로 집으로 돌아갔다

광양 가는 길

산과 산 사이
인간이 만들어 놓은
천안 논산 간 고속도로
굽이굽이 가는 길이
한량없어
산을 없애고
그 사이를 가르는 길을 냈을까
가는 맘 바빠서
지난 시간을 속도로 덮고 가는
광양 가는 길
산 첩첩마다
안개가 자욱하다
멀리 있는 산일수록
산은 사라지고
안개에 눌린 도로는
잠잠하다
굽이굽이 가는 길을 잊어
곧게만 가는 게
빠른 줄 알았던 철없던 시절
거침없이 가는 게
빠르다 여겼다

창 밖에 안개가 짙다
깜깜한 어둠과 익숙한 길의
반딧불이 켜는 밤
발걸음도 놀라 깬 청춘을
곧게 빠르게로 일관된 삶을
이 밤, 질주로 풀어내도
가속할수록 더디게 가라고
밤안개는 산을 덮고
어둠을 덮은 채
도로마저 감추며
반딧불이 켠 헤드라이트로
천천히
불 밝히며 가라고
안개를 건너는 차는
한량없이 떠갔다

숲

한 소년이 숲으로 들어갔다

소년은 무엇을 찾으려 했으나
찾을 수 없었다
해질녘
바람이 차가워
숲 속 너머에 있는
서녘하늘의 따뜻한 품이
그리웠다
언덕을 넘어
징검다리를 건너
초원을 지나
어느 숲 앞에 선 소년은
숲에 갇힌 어둠에 휩싸이고 말았다
손으로 휙 저어도
숲은 자신을 드러내지 않았다
걷는 것만이
유일한 희망으로 저 끝에서
서녘하늘은 타고 있었다
무작정 걷고 걷다보니
어둠의 숲을 지날 수 있었고
어둠의 문턱을 넘을 수 있었다

숲을 벗어난 소년은
바다마저 붉게 태우는
저녁하늘을 보았다
그제야 손바닥 위에
저녁하늘을 올려놓고
잠이 들었다

소년의 가슴은 따뜻해져 있었다

유년의 길

유년의 풍경으로 기억되는 길
지금은 아스팔트 도로로 변했지만
유년의 시절에 불었던 바람
37세의 나이에도 불어와
코끝이 시큰한 길
빈들에 군데군데 쌓여 있는 눈과
겨울철새 몇 마리 날아와 노는 냇가
초등학교부터 고등학교까지
숱하게 걸었던 길
37세의 나이에 다시와
따뜻하게 손잡아 주는 사람과
함께 걷는 길
겨울바람에 볼이 얼얼하고
귀에 붙은 채 남아있는 한기를 떼어내려
손바닥으로 감싸 안은 귀
길섶에 마른 풀이 숨죽인 채
발걸음 소리 듣고
이듬해 봄에 생긋생긋 돋아나는 길
아스팔트 속에 덮인 채
화석처럼 굳었을 유년의 발자국이
쑥 돋듯 나와 아스팔트에 찍혀있는 길
주변의 많은 풍경이 변해도
바람만은 그대로 불어오는 길

정동진역 기차는 오지 않았다

철길이 꿈틀거려도
기차는 오지 않았다
파도만이
정동진역으로 밀려든다
닿을 수 없다는 듯
해변 가에 새기고 간
등짝이 싸늘하다
정동진역에
기차처럼 닿을 수 없어도
끊임없이 밀려드는 애절함에
바람조차 짭짤하다
바다의 마음을 아는지
철로에 놓인 발자국은
바다로바다로 달려간다

진물 난 추억

간밤에
눈이 왔다
도로에 차가
미끄러지듯 달린다

밤새
꿈속에서 너를 보았다
오래전 일기장에
쓰이지 않는 추억까지
너와 만났다

눈 덮인 아침을
기억이 달린다
바늘 같은 햇살이
박히고
진물 난 추억은 흘러갔다

하늘공원에 가다

인간이 만든
거대한 산이다
낡고
해지고
고장 나고
버려지고
어느 것 하나
온전하지 못했기에
인간을 떠나
하늘과 가까워지는 꿈으로
산이 되었다
환생을 꿈꾸었다면
지금의 모습이었을까
쓰레기더미 위
억새의 군무에
인간의 시선이 놀랐다
인간이 버렸기에
인간이 만든 산
하늘공원 억새가
인간의 발걸음 소리에
한 뼘씩 자라고
엄마와 손잡고 온
아이의 미소가
억새꽃으로 필 때면
도심의 쓰레기는
춤추듯 모였을까

졸업

지워져갈까

잊어져갈까

무성했던 담쟁이덩굴의 푸르른 잎도

싱싱한 바람과 파란 하늘이 내려앉은 운동장도

하얗게 눈 내린 거리에

예정된 것처럼

어제의 발걸음이 묻히고

또다시 도시새의 분주한 하루가

학원가를 배회할 때도

눈에 담겨져

가슴으로 내려간 3년의 시간이

한 장의 졸업장으로

한 권의 사진첩으로

기억되겠지

떠남으로 알게 된

그리움의 시간

돌아올 수 없기에

되돌릴 수 없기에

눈가에 맺힌 화면 속

모습이 생생하다

추억은 쌓고

기억은 감고

눈물은 맺혔다

저어 먼 시간을 다시 돌아와

바람 냄새 맡아도

그리운 시절 생각나는

3년의 시간을 두고

떠난다

눈이 꽃이

간밤에
눈이 내렸다
하얗게 덮인 세상
누군가에게 밝힌다
선명한 자국이 생기고
흔적으로
눈의 상처를 보았다

지난 봄
꽃이 피었고
꽃잎은 떨어졌다
그 후
지나는 누군가에게 밟혔다
흔적으로
꽃의 상처를 보았다

바람이 분다
가슴에 와 닿는
바람이 차다
눈이 날리고
꽃잎이 날린다
머리를 지나 어깨에
어깨를 지나 발등에
발자국을 덮은 눈 위로
꽃이 눈꽃이 핀다

눈길을 걷다

어제의 길을
눈송이가 점점이 이어서 지운다
오늘의 발걸음이
짓눌린 흔적만큼 차갑다
눈길을 걷는 사내의 당찬 걸음
그 온기로 눈은 녹는다
짙게 물든 바람이
씻겨나간 아침
가을, 다 내려놓고
겨울을 보내는 나뭇가지에도
눈이 내린다
살아있음으로
사내의 온기보다
차갑던 아침
날선 햇살이 찔러대는 곳마다
눈은 녹고
새 길이 되어 있는
발걸음이 지워진 길을
설렘으로 걷는다
걸음걸음이 힘겨울 때
눈송이는 등 뒤로 쌓여갔다

대나무밭에서

대나무밭에 바람
사그락사그락 구르는 소리
깨어나라깨어나라
푸른 회초리로 치는
종아리에 대나무 한 그루
눈물이었다
행복이었다
곱씹는 시간들
눈가에 핀 속이 텅 빈
푸른 눈물자국
하늘로 뻗는 대나무는 단단하다
그 속을 쪼개보면
층층이 쌓여 있는
하얀 바람과 하얀 속살
어디쯤에서 휘어도
온 몸 푸르게 휘감는 바람이
한동안
사그락사그락 대나무 속에서
요동친다
하얀 바람과 하얀 속살
내 속에 찼던 바람은
대나무밭에서
가끔은 순수로 변한다

가을이 지나고 있었다

퇴근길
교문을 나와
우회전
첫 번째 횡단보도를 지나
두 번째 횡단보도에 차는 멈춰섰다
붉은 색 신호등
차바퀴에 걸린 바람으로
정지선에 있던 차엔
저쯤일까?
플라타너스 빛바랜 잎이
앞창 유리에 내려앉았다

잠시 머물렀던 가을이여!

나의 긴 날이여!

푸른 빛 도는 신호등
정지선을 출발한 차 뒤로
플라타너스 빛바랜 잎이 날린다

가을이
지나고 있었다

열기구처럼 두둥실 떠있는 엉덩이

열기구처럼 두둥실 떠있는 엉덩이
열기구처럼 두둥실 떠가는 엉덩이

저 높은 하늘
가을하늘에 구름과 같이
두둥실 떠있는 엉덩이

가슴이 따뜻해지는
어느 날엔가
꿈 찾아 가는
미지의 여행

교실 속 현실
먼지와 같이
떠있는, 떠가는 엉덩이

한동안 떠있다
의자에 묶고
아직은 이른 때라며
창 밖에 보이는 산 고개 넘어
구름밭 위로 날아가는 꿈
그 꿈으로

가슴을 데워
마음을 지펴
꿈꾸는 시간을 날아서
교실 속
두둥실 떠있는 엉덩이
두둥실 떠가는 엉덩이

아이들의 엉 덩 이

매미의 허물

바람만이 들어왔다 갑니다
한세월 기다림뿐
한낮에 땡볕에
울어도울어도
바람에는 소식이 없고
지난 비에 젖은 슬픔만
촉촉합니다
육신이 바람에 날려
허물만 남겨져도
아직은
그대가 채워 갈 흔적을
나뭇가지에 남겨두고
갑니다

또다시 가을이다

겹겹이 주름진 바람
산 넘어 와
차다
또다시 가을이다
나무그림자마다 초록물이 빠져나와
발밑에 흥건하다
감춰둔 빛이 살아나는
나무의 떨림
붉다, 노랗다
어느 나그네가 두고 간 심장이었을까
아니면
어느 여인의 마음이었을까
색색이 들어내는 떨림
가을하늘은 흰 구름 몇 조각으로
허전함을 채우고
가을나무는 햇살 몇 가닥으로
쓸쓸함을 달래고
나는 가을바람에 눈 감음으로
그리움을 보낸다
또다시 찾은 가을
나의 일기장이
붉다, 노랗다

매미

안개 덮인 산
감나무에 붙은
매미소리
짱짱하다
매미꽁지에 붙은
바람 떼어내느라
연신 날개 비벼대는
가려움에도
누구 하나 다가와
긁어주지 않는다
앞산의 안개만
안타까워
하늘로하늘로
올라갈 뿐

벌초

한 달 남짓
남은 추석
할아버지, 할머니 산소를
벌초했다
산소 뒤편으로 산을 둘리고
앞 편으로 들깨 밭
그 앞쪽으로
도로 건너 냇가와
더 앞쪽에 산이 보이는
할아버지, 할머니 산소
들깨 향 비가 오고
뿌옇게 깔린 장막과
겹겹이 겹쳐오는 바람
그 안에서 돌아가는
예초기 날
예초기 날에 잘려나간
풀내음이 코끝을 붙든다
벌초라고
이렇게 찾아오지 않으면
외로웠을 시간이었을 텐데
예초기 돌아가는 소리에
풀 속에서 모습을 보이는
여치, 메뚜기, 개구리, 귀뚜라미와
몇몇의 벌레가
할아버지와 할머니에 대한
미안함을 덜어주고 있었다

고추

시골집 마당에
어머니가 따다 놓은
붉게 달아오른 고추가
누워 있다
예전에 부모님을 따라
고추밭에 간 적이 있다
두둑과 고랑을 만들고
일정한 간격으로 고추묘를 심고
햇살과 바람, 공기가 잘 드나들고
땅의 기운을 받으면
초록의 고추는 8월이 되면
하나, 둘 붉게 달아오른다
유난히 비가 많이 왔던 여름에도
고추는 붉게 변하고 있었다
비속에서도
땡볕에서도
붉게붉게
마당에 누워 있는 고추를 보며
고추가 아니기에
나는 붉은 빛조차 낼 수 없었던가?
그것도 아니면
내 안에 아직 그만한 열기가 없기 때문은 아닐까 하는
푸념도 해보는 한 낮
점심에 풋고추 하나를 씹으면서
내 안에서 붉게 변하기를
나 또한 붉게 변하기를

삶의 벼랑에 섰다

삶의 벼랑에 섰다
벼랑을 핥고 가는 파도가
하얀 거품으로 부서진다
머릿속을 지운다
길은 끊겼고
허공을 나는 새도 될 수 없는
멀리 보낸 시선이 기껏해야
수평선에 금 긋고 돌아오는
닿을 수 없는
머언 길 아닌 길이다
벼랑 밑으로 너울거리는
삶의 지표가 흔들리고
가슴 속은 하얀 거품처럼 부서지고
왔다가 되돌아가는 파도처럼
한 골의 파도라도 되어
수평선으로 가 닿을 수 있다면
벼랑 끝에 삶이
날개 없이 날다가
바다에 떨어져도
저 머언 수평선에서 강렬한 불씨 하나
건져내지 않을까 하는
삶의 벼랑에 혁신을 꿈꾸는 사람이
섰다

노고단에 가다

뱀사골을 지나
달궁으로, 그곳을 지나
뱀처럼 휘어져 오르다보면
맞닿는 성삼재 고개
어스름한 빛조차 지워져가는
저녁녘
그곳에 차를 두고
오르기 시작한 노고단
등산로 따라 들어찬 나무들
틈마다 피어난 야생화들
이름을 불러주지 않아도
반갑게 맞아주는 갖가지 야생초들
마냥 반갑다고
먼저 다녀왔다며
이마를 핥고 가는
바람이 좋다
골마다 물소리
나뭇가지마다 안개꽃 피는
전망대에서 내려다 본 구례
사람의 불이 밝다
시간을 밟고 가니
한 걸음씩 가까워지는 노고단
두 걸음씩 채워지는 상쾌함
어느덧 노고단에 섰다

누구의 몫으로 남겨진 돌탑 위에
나의 몫의 돌 하나 놓고
소원을 빌었다
사람들이 놓고 간 소원마다
짙은 안개로 피어나
하나의 의식처럼
노고단을 뒤덮어 왔다
경이로운 노고단 의식을 지켜보다
시간이 어둠을 끌어내린 후에야
발걸음을 되돌렸다

하산

8시를 조금 넘긴 시간
빠르게 증발하는 빛으로
숲은 암흑이다
노고단 정상을 밟고
하산하는 길
발자국이 길가에 놓이고
그 발자국마다 심장이 뛴다
가야할 길은 십여 미터씩 연결되어
나타나고
뒤도 옆도 아닌 정면
살면서 이렇게 간절하게
정면만 응시하며 살아온 적이 있던가
숲은 형체를 감췄고
지은 죄 많은
뒤돌아 볼 용기조차 없는
나는
저어 멀리서
가늘게 들어오는 불빛을 놓칠 새라
꽉 잡고
성삼재 주차장으로 내려왔다
그리고
또다시 내려가야 할
길에 섰다

비극

국지성 폭우로
시멘트 세상이 아수라장이 되었다
산은 견디다 맥없이 무너지고
찢겨 나간 산의 살점은 집들을 뒤덮고
사람이 쏟아내는 슬픔은 이미 비에 잠기고
몇 십 명의 사람은 비가 되고
몇 천 대의 차는 사람을 실고 떠나지도 못하는
그날의
진흙 같은 눈물이
요동치는 거리에 망연자실 서 있는
사람에게서 쏟아져 나온다
산이 쏟아내는 비명도 듣지 못하고
아니 들을 수 없는
메아리 없는 시멘트 세상에
비명은 고스란히 인간이 내야 했다
그날의
하늘을 겹겹이 짓눌린 먹장구름은
누구의 몫이었던가
그날의
퍼붓는 비는 또 누구의 슬픔이었던가
나라가 온통 비에 젖었다
때늦은 후회가 물길 따라
한없이한없이 흐른다

바다바위

겹겹이 물결치는 파도가

설움처럼 쌓여옵니다

되돌아 갈 수 없는

긴 세월 벗어나지 못한 채

바다에 묶인 바위처럼

모래에 뱉어내는 응어리에

하얀 거품이 일고

시름의 한숨이 터져 나옵니다

한발자국도 움직일 수 없는

굳었던 세월

바다의 끝자락에서

매일처럼 수평선을 바라보는

바다바위

끝끝내 왔던 설움이

떠나고 나면

그 아픔 가슴에 품고

그대 품속으로 내려가

깊이 안길 수 있는

폭우가 바다에 꽂힙니다

바다바위는 점점 바다로 들어갑니다

그대 끝자락에 섰던

내 마음같이

사람이 잠시 머물다 가도

사람이 잠시 머물다 가도
사랑은 남습니다

여름에 찾아드는 태풍도
그 사랑을 휩쓸고 가지는 못합니다

땡볕이 내 살을 검붉게 태워도
내 사랑은 변하지 않습니다

멀어져 있는 거리도
마음에 매듭진 사랑을 풀 수는 없습니다

한걸음 딛고 서서 그림자를 보면
어느새 닮아 있는 그대랍니다

향기

며칠 째 날이 흐리고
비에 젖은
꽃잎이 힘겨워 흔들립니다
맑은 날을 맞이하고
흐린 날을 쓸어내는
우리의 날이
비에 젖은
꽃잎이 되어 흔들려도
향기는 젖지 않고
꽃잎에 남아 있으니
우리의 날이
비에 젖어
서글퍼져도
그대 곁에 있어
잃지 않는 향기로
흔들립니다

나의 아침

둥그런 달빛이 창가로 스미어 들 때에도
밤새 목련꽃은 새하얀 꽃망울을 틔웠다

달빛 따라 그리운 사람이 흘러갈 때에도
밤새 안개꽃은 거리를 겹겹이 덮었다

그립다 지치고
잠이 깬
혼자였던 아침

목련꽃도
안개꽃도
쓸쓸한 날

한 사람을 만나
목련꽃이 안개꽃이
된다

겨울을 지나
목련꽃이 만발하고
안개꽃이 덮이는
봄날에

포근한 손의 느낌으로
어깨에 닿아 있는 나의 아침이
밝다

서로를 아는 우리는 행복합니다

운동장에 쏟아내는 봄이
한가득입니다
담아도담아도
넘쳐나는 오늘

동편 화단가에
봄을 새하얗게 푸는 목련꽃이
피었습니다

이런 생각이 듭니다
서로를 아는 우리는
행복하다는 것

우리네 행복 닮아
목련꽃이 송이송이 피었습니다

이 하루가
조금이나마 목련꽃 같이
행복했으면 합니다

날이 지나고
목련꽃이 진다해도
우리네 마음은 이미 행복을 가질 겁니다

서로가 틔운 목련꽃이
마음마다 가득하기에

가끔씩 찾아드는
낙서 같은 시간을
새하얗게 물들이는 목련꽃 닮은
우리

지금 이순간도
목련꽃이 내어놓을 수 없는 향기로
피어나는
우리이기에

서로를 아는 우리는
행복합니다

장미반 아이들의 공연을 보고

축제, 장미반 아이들이
무대에 섰다
몸짓이 엮은
눈빛의 자유
음악이 나오고
선생님의 동작을
아는 듯 모르는 듯
따라가는 아이들의
공연
몸짓으로 말하는 아이들
불편한 동작의 완전한 마음이
공연을 보는 내내
마음이 아는지
눈동자에 고인
몸짓이 뜨겁다
꽃보다 아름다운 아이들이
꽃보다 향기로운 아이들이
무대에 있고
그 무대가 여는 막이
세상의 막을 거둘까?

입가에 말이 살고
발에 걸음이 살고
머리에 생각이 살고
가슴에 그들이 왔다
축제, 장미반 아이들이
무대에 섰다
관객의 시선을 향해
이렇게 서 있다고
무대에 서 있다고
하나의 동작을 따라가는
아이들의 눈동자에
별이 뜬다
공연이 끝나갈 쯤
무대의 가장자리에
나를 두고
내 마음의 감동도
두고 왔다

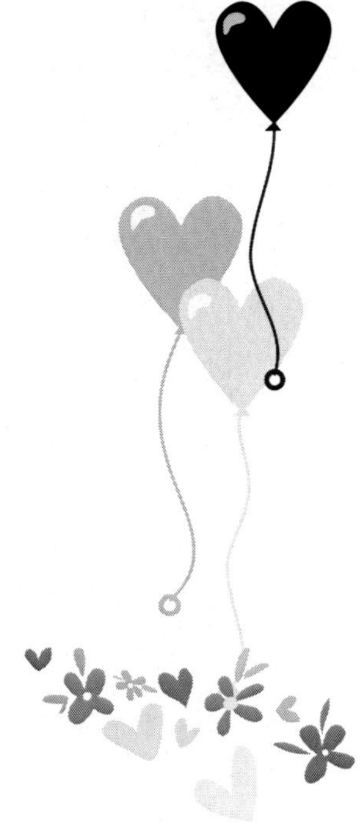

여전히 흔들립니다

찬바람이 나무를 흔듭니다
그 옆을 지키고 있던 새가
흔들립니다
이내 새는
어디론가 가버리고 없습니다
나무는 또다시 흔들립니다
새가 떠난 자리에
하얀 빛이 내려앉습니다
흔적이 남겨진 나무가
여전히 흔들립니다

요 며칠 찬바람이 붑니다
주머니 속 온기로 견뎌내는
사람들이 있습니다
사는 틈마다 겨울입니다
한참이 지나도
여전히 겨울입니다
떠나고 싶어도
떠날 수 없는
사람들이 흔들립니다
여전히 흔들립니다

어떤 날은

답답함이 죄여오는 어떤 날은
한 잔의 냉수로 씻겨 내고

눈물이 마르지 않는 어떤 날은
흘러도 닦고

사람에 댄 상처가 놀빛이 되는 어떤 날은
별빛을 붙이고

쓰리게 차가운 바람이 부는 어떤 날은
주머니 속 온기를 쥐고

그대가 갑자기 보고픈 어떤 날은
가만히 눈감아 보고

오늘은
그대를 만나러 갑니다

그대였다죠

여름빛이 강하게 내리는
아침
구름 사이에
언뜻언뜻 보이는
저 형상이
바로 그토록 찾아 헤맨
그대였다죠
그리웠답니다
밤새 그리다
아침햇살이 묻은 얼굴에
그대의 환영이 찍혀지는
저 하늘에 있는 구름의 틈으로
언뜻언뜻 보이는
내 사랑이었다죠
눈물이 날 것 같은 날이면
하늘은 쨍쨍해지고
마음도
한없이 그대의 열기로
온몸을 데워오니
그대였다죠

내 마음 한 구석에
구름의 틈 마냥
언뜻언뜻 보이는
그 얼굴
영원의 빛이 햇살의 무게로 내리는
아침
그대였다죠

겨울나무

붙들 수 없는 시간이었다
하늘을 찔러보고
바람을 꿰어 봐도
어찌할 수 없는
마냥 서 있는 다는 것이
시간을 보낸다는 것이
그 쓸쓸함으로 닳아 있어도
그렇게 버티고 서 있어야 한다
눈물도 얼어서
차가운 바람이 그대의 입가를 찾은
안개 같은 입김 속에서도
해묵은 시간을 덜어냈듯
새하얀 눈꽃을 틔워야 하는
그 간절함이 거친 껍질을 뚫고 있다
도로의 중심에 버틴
겨울나무 곁을 아랑곳하지 않는
차가 달리고
겨울 속에서 겨울나무가
차보다 더 빠르게 오는 고독을 견디며
마음 한 자락에 서 있는

이런 사람이 되었다

이런 사람이 되었다

사랑이라는 허울로
아이의 마음을 짓밟는 사람

꿈이라는 허울로
현실을 비릿하게 하는 사람

교육이라는 허울로
회초리의 강제를 용인하는 사람

교사라는 허울로
아이의 마음을 낡은 것으로 채우는 사람

되고 싶었다
허울이 아니라
허울을 떼 낸 저 타는 노을로
그 열기로
아이의 마음을 덮어주고 싶었다

그런 사람이 될 수 있을까?

어버이

어떻게 그 사랑 이루 말할 수 있겠습니까
낳아주시고 심어주신 사랑빛으로
따뜻이 가슴이 밝아옵니다

버려지지 않는
저 푸른 잎의 바람같이
저 광활한 들판의 들꽃 향기같이
채워주는 그 마음이
발걸음 닫는 곳마다 가득합니다

이 큰 사랑의 존재로 작은 마음이
나날이 커져가는 버거운 일도
그 사랑이 있어
수만 번을 쓰러져도
일어날 용기를 얻습니다

먼 길

그 사람에게 가는 길은
먼 길

끝없이 솟은 태산의 높이보다
더 높이

천 길의 깊이로 파도에 덮여있는 바다보다
더 깊이

그 사람이 있다

눈의 높이와 숨 쉬는 깊이로
살아가는 나에게

그 사람의 존재는
먼 길

빗방울 사랑

닫혀진 유리창에 빗방울이 박힌다
하나가 다른 하나에 합쳐지고
또 다른 하나가 다른 하나를 붙들고
이내 하나의 물줄기가 되는

나와는 다른 사람을 만났다
한 점으로 태어나
수많은 점들이 거리에 박혀도
어떤 점과도 합쳐지지 않은 날들

거리의 점들이 떠난 어느 날이었다
한 점의 공간에 운명처럼 박힌 점
한 점과 다른 한 점의 경계를 벗어나 만난 두 점은
창문에 박힌 빗방울이 물줄기로 커가는 모습을 닮아갔다

모닥불

한국스카우트중앙훈련원
1박 2일의 일정으로 찾았다
태양은 둥근 하늘에 시침, 분침, 초침도 없이
토요일 오후 3시를 그려가고 있다
갓 피어난 여린 잎이
세상 속으로 촉을 틔우고
이방인의 행동에 귀 쫑긋 세우고 있다
구름이 엷게 깔린 하늘에서
빈틈을 찾아 지면에 덮여있는 햇살이
바람에 흔들리는 나무그림자에 숨어들 때
옆에서 나는 텐트를 쳤다
태양이 몇 번의 시침을 밀고 간 사이
어둠 속에 놓여진 나무를 보았다
나무의 침묵을 보았다
그 침묵 속에 마른 나무로
모닥불을 피웠다
잘도 타오르고
이내 뻘겋게 달아올라
검게 숯이 되고 마는
어느덧 30대 중반이 되었다
한번쯤 타올랐던 적이 있었던가
검게 탄 숯이 되지는 않을까
타오르지 못한 가슴에
모닥불을 지피기 위해 모아둔
불씨만 위태하다

나무

여리다
연초록 잎이 쫑긋쫑긋 세상에 나왔다
바람이 여린 잎을 감싼다
왜 이렇게 늦었냐며
투정을 부려도
반가운 건 바람만이 아니다
시선이 머무는 곳마다
봄의 향연에 초대받은
나다
거친 껍질을 뚫는다는 것이
힘겨웠을 텐데
하루가 다르게 솟아난다
조금은 거친 세상을 걸어도
힘겨워하던 나에게
나무는 보여주는 것이다
기다린다는 것
그건 숨죽인 채 있는 것이 아니라
내면에 한그루 나무를 옮겨와
자신을 덮어줄 푸른 잎을 키우는 거라고
시시각각
거리마다 생의 함성이 터진다
힘껏 소리 없는 삶을 향해
나무는 더 크게

내 삶의 깊은 곳까지
깨어나라고
일어나라고
나무는나무는
연초록 잎을 흔들어 보인다

이제야 알 것 같은 마음이

그대를 알고 나서 내 마음의 주인이
다른 사람이 될 수 있다는 것을 알았다
가끔씩 심장이 멎은 듯 막막하다가
어느덧 그대 생각에 터져버리는
고무풍선 같은 심장이 되어버렸다
저 노을 진 하늘의 풍경이 쓸쓸히 지고
검은 숯가루가 날리는 밤이면
해묵은 그리움에 새살이 돋는 상처처럼
그대가 흉터로 그려졌다
지우고 싶어도
지워지지 않는
버리고 싶어도
버려지지 않는
바다의 끝처럼 보이는 수평선에서
솟는 태양이 끝이 아니라
불타는 시작이었다고
이제야 알 것 같은 마음이
그리움에 길어지는 산그림자에 갇혔다

저 바람에 목련꽃은 언제쯤 피어날까

저 바람에 목련꽃은
언제쯤 피어날까
피어난다는 것
그것만으로 생의 절반을 넘는
그 절절한 떨림을 감내하는
받쳐 든 햇살의 무게가
천근의 바위처럼 눌려올 때
저 목련꽃은 또다시 바람에 흔들리고
생의 꽃잎을 펼쳐드는
아지랑이 피듯 오는
봄
목련나무의 꽃봉오리가 열리고
생의 향기가 빠져나가는
어느덧 발밑엔
찍혀있는 그림자마다
그대의 미소가 목련꽃같이
새하얗게 핀다

겨울보내기

바람에 깎인 메마른 껍질을 한 겹씩 뜯어내고
지독한 추위에 침묵으로 일관했던 나무가
봄의 노래를 듣는다
겨우내 덮고 있던 무겁던 고독을 가루로 날리고
나무의 빈 공간을 쉴 새 없이 지나쳤던 바람을
하얀 실에 꿰어 뜨개질을 하니
목련나무 가지마다 하나, 둘 꽃봉오리 돋아난다
겨울보내기가 익숙하지 않아도
봄맞이에 익숙한 나에게
바람은 겨우내 쓰다만 편지를 접고
목련꽃봉오리에 맺힌 봄의 따사롭던 기억을 펴든다

사람 만나게 하소서

사람 만나게 하소서
어떤 목적, 어떤 인연이 아니라
있는 그대로의 사람
그 사람을 만나게 하소서

사람 만나게 하소서
쫓기듯 쫓는 인연이 아니라
그 자체로 향기로운 사람
그 사람을 만나게 하소서

사람 만나게 하소서
거짓의 목소리가 아니라
종의 울림 같은 소리를 가진 사람
그 사람을 만나게 하소서

사람 만나게 하소서
화단을 꽃피우는 사람이 아니라
흉터를 꽃피우는 사람
그 사람을 만나게 하소서

꼬막

소주를 마셨다
안주로 나온 꼬막이 덜 삶아졌는지
입을 꽉 다물고 있다
우리네 삶도
말하고 싶어도 입 꽉 다물고 싶을 때가 있다
꼬막에게
바다가 쉬었다 가는
밀물과 썰물의 리듬이 있는
갯벌은 먼~ 곳
한 개의 꼬막을 들어
꽉 다물고 있는 입을 사과 쪼개듯 벌려
듣고 싶은 얘기는 무엇이었을까?
그 얘기 풀어내기도 전에
꼬막을 삼켜야 하는 나는
무엇을 알아서였을까?
갯벌이 보고 싶어
바다로 간 적이 있다
바다는 먼~ 곳
갯벌의 지도만
꼬막의 껍질에 비문처럼 남겨졌을 뿐
어떤 비밀누설도 하지 않은 채

꼬막은
갯벌을 떠난 후
뻘이 된 마음으로
기어갔다
바다가 없는
뻘만이 있는 마음으로
꼬막이 들어왔고
새뻘에 밀물과 썰물의 기억을 풀어내며
바다의 얘기로 바다 없는 마음을
바다로 채우는 꼬막의 꽉 다문 입이
열려 있지 않을까?
그런 생각을 쫓으며
한 잔의 술을 삼켰다

이슬

별이 쏟아내는 한 방울의 눈물이
저 풀잎에 맺힌 이슬이었구나
사그라드는 빛을 짜내어
한 올의 이슬로 풀잎에 꿰어
아침을 만들었구나
새벽닭이 쫓던 밤샘 그리움이
아슬아슬 풀잎에 또르르 구르다
반짝 아침해로 떠오르는구나

겨울나무의 겨울밤

겨울나무 곁에 아무도 없다고
외로우냐고 쓸쓸하냐고
생각할지 모르나
어느 밤 호수가로 가서
그곳에 서 있는 겨울나무를 보아라
겨울이 오기 전에
겹겹이 붙은 잎들 다 떨구어내고
하늘로 거칠어진 가지를 뻗은 채
침묵하는 겨울나무라도
고독하지 않음을……
겨울밤
밤잠을 잊은 채 손잡아 주는 달이 있고
사람들이 달아놓은 따뜻한 별이 있고
바람의 노래에 맞춰 춤을 추는 갈대의 몸짓이 있고
잔가지마다 틔워낼 그리움이 있고
어떤 이가 앉아 쉴 수 있는 빈 의자가 있고
떠나지 못하는 어떤 이의 마음이 있고
겨울나무의 겨울밤은
고독하지 않음을……
고독한 사람이여
호수가로 나와
한 자리에 우뚝 서 있는 겨울나무를 보아라
비웠다 싶을 때 채워지는 게
겨울밤
겨울나무를 안은 마음이다

종이비행기

잠깐의 순간도 날지 못하는
그 아쉬움이 빽빽이 적혀 있는
아이들의 일상
문자의 흔적이 남겨진 종이를 구겨도
쉽사리 구겨지지 않는 현실의 벽
그 벽을 넘기 위해
언제부턴가 아이들은 종이비행기를 접었다
이리저리 접어가며 만들어내고
기껏해야 날리는 곳은
먼지 속 교실 뿐
더 큰 희망이 용솟음칠 때
창밖의 푸른창공이 그리울 때
그 마음 가득 실어 던져보는
종이비행기
손을 떠난 종이비행기는
창밖의 바람을 타고
아름다운 선을 그리며
난다
그리고 이내
추락하는 종이비행기에 실린 눈빛이
아이들의 마음으로 다시금 날아드는
오후

종이비행기에 실린 바람이
아이들의 어깻죽지로 불어와
간질간질 날개를 돋고 가는
교실 안에는
아이들이 타고 갈
희망의 종이비행기가 접어지고 있다

힘껏! 날아올라라
아이들아!

새의 노래

작은 날개가 매연에 찌들어도
흩어진 바람을 날개에 실어 나르는
새
숲의 노래를 기억하기 위해
소나무 품에 안기는 새는
어릴 적 익숙한 노래를 쪼아내고
그때마다 찌그러진 유리창엔
달콤한 음표들이 푸르게 그려졌다
고향 떠나 도심에 살면서
가끔씩 유리창을 바라보면
유리창 너머에 비치는 나의 가슴엔
음표들이 뿌옇게 쌓여있었다
마당에 잠긴 하늘은 어디든 같다며
고향의 하늘을 떠난 새와
도심의 하늘을 나는 새는
같은 하늘이 그리웠다
둥지 떠난 새의 노래가
뭇사람들 기웃거리다 지칠 때
어미새 기다리는 하늘 향해
저무는 그리움을 새빨갛게 달구어서
하늘에 쏟아 부으니
그때서야
새의 부리에 걸린 음표들이 날아와
가슴에 흐른다

나의 시간

시간은……
지나간다
단지 느끼지 못한 사이에
그 사이에 놓여져 있을 뿐
시간을 오려내어
필요한 공간에 붙여도
시계바늘은
둥근 낮달과 불그스름한 해를 달고
달팽이에 이끌려가듯
지나간다
때론 화살촉 끝에 달려서
바람의 집을 지나 빽빽한 허공을
지나간다
필요하다고 붙잡아 둘 수도 없고
불필요하다고 오려낼 수도 없는
나의 시간
송송송 구멍 뚫린 심장을 지나
그 사이로……
지나간다
시계바늘은 언제, 어디든 숨겨져 있고
단지 나는 시계바늘에 걸려서
돌고 있는
가벼운 존재일 뿐이다
나의 시간이
지금 막 지나간다

눈이 오는 오늘만은

온 산을 덮은 후에도

눈은 멈추지 않았다

몇 날 며칠을 휘몰아칠 기세였다

하루를 꼬박 쏟아 붓고

눈이 그쳤다

세상은 예전의 모습이 아니었다

온 누리 하얀 천을 깔아놓은 듯

사푼사푼 걷는 나는 이미

새로운 사람이었다

어제의 발걸음은 눈 속에 덮였고

어제의 길은 새 길이 되었다

몇 시간이 지나면

옛 발걸음도 찾을 수 없을 만큼

수많은 발걸음이 방황하듯 걷고

나의 발걸음도 하나의 발걸음으로

세상의 길을 가는 평범한 사람일 테지만

눈이 오는 오늘만은

어제도 옛 발걸음도 눈 속에 덮어두고

눈사람이나 만들어서

새 사람으로 걸어갈 신발이나 닦아야겠다

마음의 열꽃

지난 시간을 손가락 꼽고 헤아려보아도

남아 있지 않은 마음이 있다는 건

다 쓰이고 닳아서 없어졌다는 위로였다

마음에 잿빛 그으름만 남아도

한 번은 쓰일 곳에서 쓰였다면

후회 없는 삶이었다고 말하고 싶다

여전히 마음엔 남은 불꽃이 있고

춥던 마음을 녹여줄 열기가 있다

혼자서 마음의 열꽃 피워도

모두의 마음이 따뜻해지고

모두의 마음이 포근해지고

마음의 열꽃 향기에 마음을 씻고 간다면

오늘이 힘겹던 고통의 나날일지라도

내일의 모습은 또 다른 마음의 열꽃을 피우지 않겠는가

많은 날이 혼자서 가는 외로운 길로 뒤덮여 있어도

마음의 열꽃이 지지 않는 영생의 향기로

마음에 무리지어 피어난다면

먼 훗날

그 어떤 행복도 경작되지 않겠는가

겨울비

쌓였던 눈 위로
겨울비가 안긴다

눈 덮인 세상은
잊혀진 낙원이었다

며칠 만에

사람의 발걸음이 지나간 자리마다
곪은 상처로 남아 흙빛 고름을 짜낸다
길 가로 끌어놓은 눈은 몹쓸 병처럼
까맣게 타들어가고
차갑게 외면하는 시선을 뚫고
겨울비가 안긴다
상처로 뒤범벅이 되어도
고통의 진물이 물줄기가 되어도
겨울비는 주저함이 없다
누구 하나 껴안아 주지 않을 때
자신의 모습조차 뭉개질 때
겨울비의 거침없는 안김
그 안김이 뚫어놓은 구멍 사이로
떠나온 구름의 모습이 보이고
눈은 비로소 자신을 녹일 수 있는
겨울비의 물줄기가 되어가고 있었다

다가가지 않으면

절벽이 두렵다고
날개를 움츠리고 있다면
드넓은 하늘을 가질 수도 없고

파도가 험난하다고
헤엄치지 않으면
수평선 긋는 바다를 품을 수도 없고

바람이 매정하다고
싹 틔우는 걸 머뭇거린다면
찬란한 봄의 노래를 들을 수도 없고

마음이 주저한다고
다가가지 않으면
그 사람, 내 벗으로 바라볼 수도 없고

눈이 내린다

눈이 내린다
비처럼 한 번의 직하가 아니라
바람이 터놓은 길 찾아
가벼운 비행을 하는 눈
눈이 내리다의 의미
높은 데서 낮은 데로 옮기는 눈
그대를 만나
마음은 한 곳에 머물 수 없었다
높낮이를 알 수 없는 시작
시작도 모른 채
한 사람은 그렇게 옮겨지고 있었다
그대 혹은 내 마음의 높낮이에서
비의 직하가 아니라
눈의 가벼움으로 내려앉은
어느새 겨울나무를 휘어지게 하는
그 무게감으로 쌓여왔던

눈 같은 그대
눈이 내리고
그대만큼 쌓아 놓고
휘어지다
조금씩 흘리는 겨울나무의 눈물로
제자리로 돌아와 겨울 속에서
다시 혼자가 되어도
그대가 내렸던 마음은
겨울나무 곁에서 마냥 휘어져 있다
눈의 가벼움으로 와서
마음의 무게감으로
나의 하루가 찢겨져간다

발자국 노래

밤새 잊혀진 길을 헤맸고

낮 동안 꿈을 꾸었다

밤과 낮이

거꾸로 가는

한동안 그렇게 살아왔다

삶의 태양을 잃었고

별들의 아픈 상처와 함께했다

갈 길 잃은 겨울새의 눈빛이

눈밭에 떨어져 수억 개의 눈이 되어도

한 번 잃은 길은

보이지 않았다

쉼 없이 오고 갔던 길은

언 발자국만 잡고서

땅 속 깊이 박혔다

지붕이 찍어내는 고드름은

뾰족한 창으로 지나는 발자국을

찌르고 있었다

그대에게 갔던 발자국 위로

고드름 자국이 선명하다

그렇게 몇 날을 걸었던 발자국의 아픔보다

새겨질 발자국 노래가

앞바람을 쫓는다